Marie-France Floury · Fabienne Boisnard

Petit Lapin Blanc
a une petite sœur

GAUTIER-LANGUEREAU

La maman de Petit Lapin Blanc
attend un bébé.
Son ventre grossit, grossit…
« J'ai envie de gâteaux
et de chocolat, dit-elle souvent.
– Miam, miam ! Moi aussi »,
dit Petit Lapin Blanc.

Maman installe le berceau du bébé
dans sa chambre.

« Moi aussi, je veux dormir avec toi,
dit Petit Lapin Blanc.

– Non, mon chéri, ta petite sœur
te réveillerait.

Mais quand elle aura grandi,

elle dormira avec toi,

c'est promis ! »

Il y a des jours où Petit Lapin Blanc
est inquiet.
« Quand est-ce qu'elle arrive ?
Je vais cacher tous mes jouets,
sinon elle va me les casser !
– Ne t'en fais pas, mon petit lapin,
dit Maman.
Tu as encore
le temps. »

Et il y a des jours où Petit Lapin Blanc
est très content.
Il s'approche du ventre de Maman
et chuchote :
« Hé, Petite Sœur, j'ai un secret !
Si tu sors vite, je te le dirai… »

Cette nuit, Papy et Mamie ont gardé
Petit Lapin Blanc.
Papa et Maman sont partis
pour la maternité.
« Le petit déjeuner est servi, dit Mamie,
le lendemain matin.

– Petite Sœur, elle,
boira un biberon.
Moi, j'ai une tasse
de grand », dit
Petit Lapin Blanc.

Papy et Mamie emmènent
Petit Lapin Blanc au square.
« Et si on s'offrait une glace ?
propose Papy.
        – Oh oui ! dit Mamie en clignant
            de l'œil. Une pour la grand-mère,
            une pour le grand-père...
            et une pour le grand frère ! »

Quand ils rentrent à la maison,
le téléphone sonne : Petite Sœur est née !
Petit Lapin Blanc saute de joie :
« Allez, Mamie,
dépêche-toi !
Papy nous emmène,
on y va ! »

Petite Sœur est jolie et calme,
mais tout à coup elle se met à pleurer.
Elle serre très fort le doigt
de Petit Lapin Blanc avec sa main.
« Aïe ! Papa, aide-moi,
elle ne veut plus me lâcher ! »

Petit Lapin Blanc s'approche de Maman
pour lui faire un câlin.
Et voilà que le bébé se met à téter
le bout de son oreille. Tchip ! Tchip !
« Oh ! Petite Sœur ! Tu veux déjà jouer ! »
Petit Lapin Blanc est tout fier.
Petite Sœur reconnaît déjà
son grand frère !